Meringuette
la petite cane

texte de **Laura Backman**

illustrations de **Laurence Cleyet-Merle**

Les Éditions Homard

À Richy – mon père, mon ami, mon inspiration. – *Laura Backman*

À mes deux petits canards, Romane et Maxime. – *Laurence Cleyet-Merle*

Meringuette la petite cane
Texte © 2008 Laura Backman
Illustrations © 2008 Laurence Cleyet-Merle

Publié par Les Éditions Homard Ltée
1620, rue Sherbrooke ouest, bureaux C & D
Montréal (Québec) H3H 1C9
Tél. : (514) 904-1100 • Téléc. : (514) 904-1101 • www.editionshomard.com

Édition : Alison Fripp
Rédaction : Meghan Nolan
Assistantes à la rédaction : Lindsay Cornish et Emma Stephen
Traduction : Andrée Dufault-Jerbi
Révision linguistique : Marie Brusselmans
Chef de la production et conception graphique : Tammy Desnoyers

Nous reconnaissons l'aide financière du gouvernement du Canada par l'entremise du programme d'aide au développement de l'industrie de l'édition (PADIÉ) pour nos activités d'édition.

Aide financière du Conseil des Arts du Canada et du ministère du Patrimoine canadien par l'entremise du Programme d'aide au développement de l'industrie de l'édition.

Gouvernement du Québec - Programme de crédit d'impôt pour l'édition de livres - Gestion SODEC

Catalogage avant publication de Bibliothèque et Archives Canada

Backman, Laura
    Meringuette la petite cane / Laura Backman ; illustrations, Laurence Cleyet-Merle ; traduction, Andrée Dufault-Jerbi.

Traduction de : Lemon the duck.
Pour enfants.
ISBN 978-2-922435-20-7

    I. Cleyet-Merle, Laurence II. Dufault-Jerbi, Andrée, 1961- III. Titre.
PZ26.3.B32Mer 2008   j813'.6   C2008-901141-4

Imprimé et relié à Singapour.

Richard fut le premier à entendre les doux pépiements. Puis, les autres enfants les entendirent aussi. Ils provenaient de l'incubateur qu'abritait la salle de classe de madame Larivière.

Pendant vingt-huit jours,
la machine avait réchauffé
et retourné quatre œufs
avec le plus grand soin.

Maintenant, les enfants pouvaient entendre pépier les canetons à l'intérieur des œufs, comme si chacun disait « me voilà prêt à sortir! » Les élèves venaient tout juste d'étudier les ovipares – les animaux qui pondent des œufs.

Les canetons travaillèrent, se reposèrent, puis travaillèrent encore, et réussirent enfin à sortir de leur coquille. Quatre canetons gisaient là, tout petits et tout mouillés, en pépiant doucement. Les enfants crièrent de joie.

Clémentine

Meringuette

Tout au long de la journée, les élèves de madame Larivière, émerveillés, purent observer les quatre nouveau-nés se transformer en petites boules de duvet bien sèches, bruyantes et espiègles. Les enfants les nommèrent Clémentine, Meringuette, Marguerite et Chip-Chip.

Marguerite

Chip-Chip

On remarqua bien vite que Meringuette n'était pas comme les autres. Elle devait son nom à la petite huppe blanche qui garnissait le dessus de sa tête, et qui rappelait à madame Larivière la tarte au citron meringuée de sa grand-mère. Mais sa huppe n'était pas la seule chose qui la rendait différente.

« Madame Larivière, qu'est-ce qui ne va pas avec Meringuette? », demanda Mireille. « Elle ne se tient pas debout comme les autres. Elle n'étire pas son cou. »

Madame Larivière appela le docteur Guillaume, le vétérinaire.

« Peut-être Meringuette met-elle un peu plus de temps à faire confiance
à ses pattes », dit le docteur Guillaume.

Au cours des semaines suivantes, les enfants nourrirent et chouchoutèrent les canetons. De petites plumes blanches bien droites se mélangèrent bientôt au duvet des canards. Ils grandissaient. Les petites pattes palmées claquaient sur le plancher de la pièce lorsque les canetons se dandinaient et battaient des ailes en suivant les enfants à la queue-leu-leu. Mais Meringuette n'arrivait pas encore à se tenir debout ni à marcher. Lorsqu'elle essayait, elle retombait aussitôt.

Madame Larivière décida d'emmener Meringuette chez le vétérinaire.

« Votre petite cane », expliqua le docteur Guillaume, « a un problème
d'équilibre. Il n'y a pas grand-chose à faire pour cela »,
dit-il avec tristesse. « Vous pouvez l'aider à devenir plus forte,
mais elle aura toujours besoin de soins très spéciaux. »

Lorsque les trois autres canards furent assez âgés, ils s'en allèrent
vivre à la ferme de monsieur Lamy. Madame Larivière adopta
Meringuette et l'emmena à l'école tous les jours.
Madame Larivière et ses élèves suivirent
à la lettre le conseil du vétérinaire
– ils donnèrent à Meringuette
tout leur soin.

Chaque matin avant l'école, madame Larivière déposait Meringuette dans un landau pour la promener dans le quartier. Lorsqu'elle apercevait le ciel au-dessus d'elle, Meringuette étirait son cou pour mieux voir. Elle regardait les oiseaux virevolter d'arbre en arbre ou se percher sur un fil. Lorsque madame Larivière et Meringuette s'approchaient du ruisseau, Meringuette agitait les plumes de sa queue à la vue de l'eau.

Meringuette adorait prendre un bain le soir. À force de nager dans la baignoire, ses muscles se renforçaient. Ses plumes imperméables retenaient l'air comme une bouée, et ses os étaient creux et légers. Cela faisait d'elle une excellente nageuse.

Madame Larivière emmenait souvent Meringuette rendre visite aux autres canards à la ferme. Clémentine, Marguerite et Chip-Chip se dandinaient jusqu'à Meringuette et l'accueillaient avec un coin-coin amical. Mais ils se désintéressaient bien vite d'elle, parce qu'elle n'était pas capable de folâtrer sur l'herbe (comme le font tous les canards).

À l'école, les enfants portaient Meringuette dans un panier chacun à leur tour. Ils lui donnaient à manger dans leurs mains et la câlinaient à profusion. Meringuette protestait bien fort lorsque les enfants partaient dîner, et lorsqu'ils revenaient, elle cancanait, excitée, comme pour leur dire « Vous voilà enfin! »

Pendant la récréation, Meringuette se prélassait sur l'herbe pendant que les élèves l'entouraient pour lui offrir de quoi grignoter. Chaque petit derrière se dressait en l'air pour dénicher des vers de terre dans l'herbe, sous les roches ou les bûches, pour nourrir Meringuette.

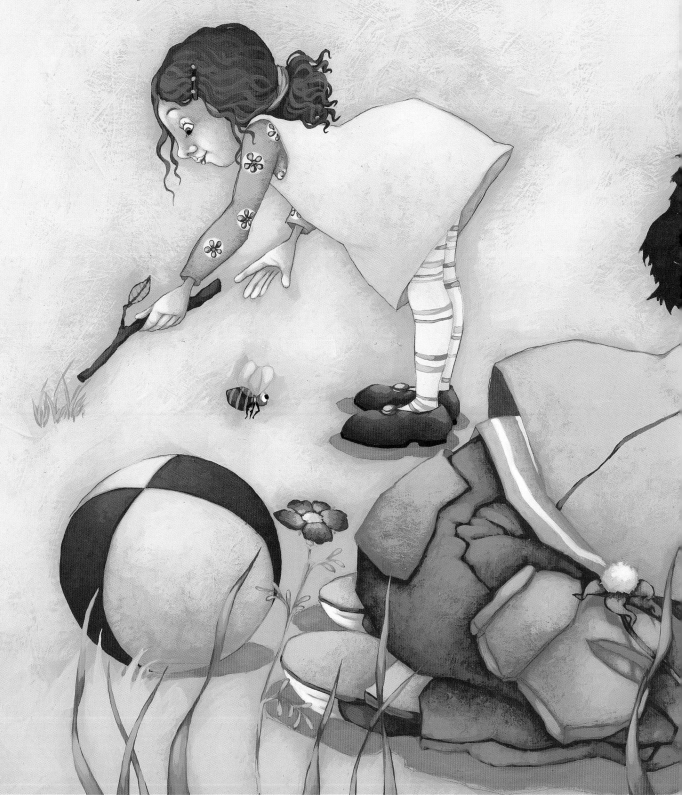

Nathaniel montra aux autres
comme il fallait faire. « Il faut tenir le
vers tout près de la queue de Meringuette »,
enseignait-il. « Madame Larivière dit que Meringuette
doit s'exercer à atteindre sa glande d'huile pour prendre des
forces et rendre ses plumes imperméables. C'est comme ça qu'elle
pourra rester bien
sèche dans l'eau. »

Un jour, alors qu'ils étaient tous assis en cercle,
Richard demanda, « Madame Larivière, comment peut-on
aider Meringuette à se tenir debout? »

« Peut-être que l'on pourrait tous réfléchir à des
solutions », répondit-elle.

Le jour suivant, Léo apporta des ballons de l'anniversaire de sa sœur. Madame Larivière les attacha avec soin à chaque bout d'une serviette pour fabriquer une attelle qui maintiendrait Meringuette debout. Mais Meringuette était trop lourde, et elle crevait les ballons avec son bec. « Comment faire pour qu'un canard se tienne debout? », demanda Léo.

Jour après jour, les élèves arrivaient avec de nouvelles idées, mais rien ne fonctionnait.

Puis, une fin de semaine, pendant que Guylaine était en train d'aider ses parents à nettoyer le garage, elle aperçut le gilet de sauvetage qu'ils avaient autrefois enfilé à leur chien lors d'un voyage en bateau.

« Hum », se dit-elle en ayant une nouvelle idée.

Le lundi matin, Guylaine apporta le gilet à l'école et chuchota quelques mots à l'oreille de madame Larivière.

Madame Larivière fit alors glisser les pattes de Meringuette par les ouvertures du gilet, remonta la fermeture éclair et retint les courroies en laissant les pattes de la petite cane toucher le plancher. Meringuette laissa entendre un « COIN! » bien sonore.

Chacun arrêta ce qu'il était en train de faire pour voir d'où venait tout ce bruit. « Meringuette est debout! », cria Mireille.

C'était vrai. En tenant les poignées du gilet, les enfants pouvaient aider la petite cane à se tenir debout et à marcher. Lorsque c'était l'heure du repas de Meringuette, ou lorsqu'elle se prélassait à la récréation ou sur un paillasson dans la classe, le gilet était retenu par un tréteau pour que Meringuette puisse se déplacer par elle-même.

Meringuette la petite cane était aux anges. Elle étirait son cou de tous les côtés pour voir ce qui se passait autour d'elle. Elle folâtrait sur l'herbe (comme le font tous les canards). Elle arrivait à dénicher ses vers de terre toute seule pendant la récréation. Elle bombait la poitrine et cancanait comme pour dire « Regardez-moi! »

Le visage radieux de Richard se teinta soudain d'inquiétude. « Madame Larivière, est-ce que cela veut dire que Meringuette va nous quitter pour aller vivre à la ferme de monsieur Lamy? »

« Elle va rester ici; nous allons l'aimer et veiller sur elle », dit madame Larivière pour rassurer les élèves. « Meringuette aura toujours besoin de nous. »

« Je crois que nous aussi, nous avons besoin d'elle », dit Nathaniel.

C'est à ce moment que Guylaine courut vers madame Larivière pour
lui chuchoter une autre idée.

Le jour suivant, pendant la récréation, Richard fut le premier à entendre tout un chœur de « coin-coins ». Puis les autres enfants les entendirent aussi. Monsieur Lamy avait amené Clémentine, Marguerite et Chip-Chip à l'école pour leur rendre visite! Les trois canards se dandinèrent jusqu'à Meringuette, qui les attendait fièrement, debout dans l'attelle que lui avaient fabriquée ses amis. Les quatre canards se tenaient tous ensemble, cherchant de quoi grignoter et folâtrant sur l'herbe (comme le font tous les canards).

Les élèves les regardaient, heureux de savoir que leur amie très spéciale, avec ses besoins très spéciaux, pouvait maintenant se joindre aux deux groupes, et qu'ils n'auraient jamais à lui dire au revoir.

Fin